KIKA
Supersorgina eta Dani

Bruño

Argitaratze-zuzendaritza:
Trini Marull

Edizioa:
Cristina González

Aurre-inprimatzea:
Mar Morales

Itzulpena:
Juan Luis Urmeneta

Marrazkiak:
Birgit Rieger

Azalaren diseinua:
Miguel Ángel Parreño

Jatorrizko izenburua: *Hexe Lilli zaubert Hausaufgaben*

ISBN: 978-84-216-9557-9
Lege gordailua: M-51284-2007
Inprimatze lanak: Orymu, S.A.
Printed in Spain

2
argitaraldia

KNISTER

Kika etxeko lanak sorginduz

Bruño

Hau Kika da, gure istorioaren protagonista supersorgina.

Gutxi gorabehera zure adinekoa da eta neska erabat arrunta dirudi.

Beno, izan, bada, baina…

ez erabat.

Izan ere Kikak badu oso arrunta

ez den zerbait:

magia liburu bat!

Liburu hori bere ohe buruan

aurkitu zuen goiz batean.

Hara nola heldu ote zen?

Ezta ideiarik ere!

Kikak gauza pare bat daki: Rupina sorgin kaskarinak ahaztuta utzi zuela deskuidu batean, eta liburua benetako sorginkeriaz eta sorgin amarru zoro-zoroz beteta dagoela. Batzuk probatu ditu Kikak. Baina kontuz…!

Hobe izango duzu araoak egiten
ez aritzea Kikaren antzera, bestela…

Hitz bat irakurtzean hanka sartzen
baduzu, zure hortzetako eskuila
erratz bihurtuko da,
zure andereñoa mamu gorrotagarri
eta jaten ari zaren izozkia
ozpinetako pepinotxo.

Zer gerta ere, Kika Supersorginak
ez dio inori hitz egin bere liburuari
buruz. Nolabait esateko, benetako
sorgina da baina ezkutukoa.
Bere anaia txikiari ere, Daniri alegia,
ez dio ezertxo ere esan.

Hau ez da lan erraza izan, Dani oso, oso, oso kuxkuxeroa baita eta, batzuetan, txaplata samarra. Baina, hala ere, Kikak biziki maite du.

Eta zer esango dugu Rupina sorginaz? Bada, sorgin bat dela, baina bene-benetakoa! Nahiz eta kaskarina izan... Horregatik desagertarazi zuen nahi gabe bere magia liburua. Zorte txarra sorginarentzat eta ona Kikarentzat!

Hori bai: Rupina sorginak sorginkeriak egin ditzake libururik gabe bada ere, nola ez ba! Ez duzula sinesten? Bada egon adi eta ikusiko duzu...

KIKA bere logelan dago eserita. Etxeko lanak egin behar ditu eta ez du batere gogorik. Gaur eguraldi zoragarria da baina, zoritxarrez, Kikak lanak amaitu ondoren atera ahal izango du jolastera. Beraz, idatzi egin behar du eta, batez ere, batuketak egin behar ditu.
Marmarka gora begira jarri da. Logelako sabaian egongo al dira bere Mate-ko ariketen erantzunak?
Bat-batean Kikari irribarre maltzurtxoa atera zaio.
Ideia bat izan du!

«Zergatik galdu denbora alferrik batuketak egiten sorginkerien liburua izanda?» pentsatu du. «Ziur naiz baduela araoren bat etxeko lanak amarruz egiteko!».

Gelako atea lehenbailehen itxi
eta aulkiaren bizkarraldea
kisketaren azpian jarri du Kikak.
Horrelaxe dago atea zeharo
itxita eta inor ezin da sartu.
Kikak ez du nahi inor traba egitera
sar dadin sorginkeriak egiten
dituen bitartean.
Gero liburu astuna ezkutalekutik
atera eta ireki egin du.

Zera irakurri du lehen orrialdean:

Zure sorginkeriatan
ezin baduzu dagoeneko goxa
liburu honek lagunduko dizu,
neskato panpoxa.
Txantxa txantxiku,
herensuge kokotxa,
liburu hau bai dela pagotxa!

Kikak orriak pasatzen segitu du eta, bat-batean, ileak tente jarri zaizkio! Hara non agertu zaizkion liburuaren laguntzaz egin ditzakeen sorginkeria guztien zerrenda!

Sorginkeriak alfabetikoki daude ordenaturik. Lehena A letraz hasten da: *«Aingirak argi-azkorrian atzematea»*.

Eta, normala denez, azkena Z letraz hasten da: *«Zonbiak zorabioak zapuztu»*.

Beno, Kikak aingirak telebistan ikusi ditu, inoiz edo behin arrandegian, baina… zonbien zorabioak zapuztea? Kikak ez ditu liburuan datozen beste zenbait gauza ere ulertzen. Batzuek ileak tente jartzen dizkiote.

Zuri gauza bera gertatuko litzaizuke… burusoila ez bazara, noski. Baina nork ote daki behatzetako azkazalak ez ote zaizkizun txikiagotuko? Magia liburu batetik edozein gauza itxaron daiteke!

Berdin dio: Kikak kosta ahala kosta bere batuketa koadernoa sorgindu nahi du eta «batuketa» hitza B-z hasten da.

Beraz, letra horrekin hasten diren esaldietara jo du.

Azken lerroetan hau dio:

«Buztinbaratzeko bareak bare beleak bertan barre».

Lerro batzuk lehenako
datozen lerrook ikusi ditu Kikak:
«Batuketak betirako burutzeko».

Ondoan sorginkeriaren azalpenak
dituen orrialdearen zenbakia du.
Kikak korrika batean pasa ditu
orriak eta berehala heldu
da nahi duen orrialdera.
Zer dio goiko aldean?

«Batuketak al dira
berorren berezko zereginak?
Kalkulua erraz egiten du
ona den sorginak».

«Jakina!» pentsatu du Kikak,
eta irakurtzen segitu du amaitu arte.

Etxeko lanen koadernoa sorgintzeko
prest dagoenean, une horretan
hain zuzen ere, ... amak deitu
dio sukaldetik:

—Kika, zain al dezakezu Dani denboratxo batez? Erosketak egitera joan behar dut.

—Ezin dut —erantzun dio Kikak—. Matematika ariketak egin behar ditut.

Baina aitzakiak ez dio ezertarako balio izan, berehala kaleko atea ixten entzun baitu.

Itxaron zitekeen bezala, handik oso gutxira, norbaitek bere logelako atea jo du.

Dani da. Arraioa! Orain izan behar!

Dani atea astintzen eta oihuka hasi da:

—Ireki, Kika!

—Gero; orain ez daukat astirik.
Kikak luzamendutan ibili nahi du
bere anaia txikiarekin.

Baina Dani ez dago amore
ematekotan:

—Irekitzeko esan dizut! —esan
du oihuka txikiak atea astintzen
utzi gabe—. Ireki behingoz!
Amak esan du!

Kikak ez dauka
beste aukerarik.
Daniri sartzen
utzi dio.

—Zergatik itxi duzu atea? —galdetu dio anaiak.

—Kuxkuxeroak atsegin ez ditudalako.

Danik entzungor eginez:

—Zuk nirekin jolastea nahi dut.

—Orain ez daukat astirik —dio Kikak.

Dani zoruan ostikoka hasi da eta aldi berean oihuka:

—Nirekin jolastu behar duzu! Amak esan du!

—Nik ez dut ezertxo ere egin behar —erantzun dio Kikak, eta arreta bere magia liburuaren irakurketari jarri dio.

—Zer ari zara irakurtzen? —Daniren galdera.

—Liburu bat.

—Eta zein liburu da? —tematu zaio anaia—. Ea, irakur iezadazu zerbait.

—Liburu hau ez da inori irakurtzeko —erantzun dio Kikak.

Baina Danik burugogor segitu du eta eskuetatik kendu dio ziztu bizian ondoren orriak begiratzen hasteko.

Honaino iritsi da! Kika jauzi batez altxa da anaia harrapatu nahian. Dani, ordea, oso iheskorra da. Mahaiari buelta batzuk eman ondoren Kikak lepotik heltzea lortu du.

—Gogaikarria zara! —esan dio oihuka erabat haserre—. Ez dakit zer egingo dudan zurekin!

—Irakur iezadazu zerbait, mesedez —erantzun dio anaiak aingerutxo aurpegi eta ahotsa erabiliz.

—Esan dizut hau ez dela inori irakurtzeko moduko liburua.

—Eta hori zergatik? Zer esaten du? —ekin dio Danik aspergaitz.

Orduan Kikak hasperen egin eta zerbait irakurri dio, bakean utz diezaion. Danik irekita zeukan orrialdearen erdi aldetik hasi da irakurtzen:

«Eman arin-arin,
hiru buelta liburu honi
eta amaitzean
eser zaitez aulkian.
Orain eguzki-izpia
hartu
eta zure sorginkeria
bikaina izango da!
Ez izan beldur,
beldurrak kanpora…
egin tira belarritik
eta belarriluze izango zara».

Kikak azken esaldia asmatu egin du anaiari belarritik tira egiteko.

Baina… zer arraio ote da hau?

A zer ezustekoa!

Daniri bat-batean bi untxi-belarri ikaragarri atera zaizkio.

Kikak ezin du sinetsi ikusten ari dena.

—Hau… hau… ez da posible! —esan du totelka.

Horixe bai dela posible...

Danik besoak baino luzeago
diren bi belarri ditu.

—Zer gertatu da?
—jakin nahi
du haurrak,
ezertaz ez baita
ohartu.

Orduan Kikak Dani eskuetatik
heldu eta belarrietara
eraman dizkio.

Zer egingo ote du mutikoak?
Bada, poliki-poliki haztatu
eta oihu egin du pozarren:

—Ene bada! Benetako
untxi-belarriak!
Magia egiten dakizu!

Kika ez dirudi hain pozik,
ez eta gutxiagorik ere.

—Zer egingo ote dut orain?
—galdetu dio bere buruari
ahapeka.

—Bada beste amarru bat egin eta kendu —dio Danik, berehala eransteko— baina oraindik ez, eh? Lehenengo amari erakutsi nahi dizkiot!

Kikaren bihotzak oso azkar ematen ditu taupadak. Ez du belarriak desagerrarazteko sorginkeria ezagutzen! Eta kontrako amarrua bilatu arte… nork daki zenbat egun pasako dituen Danik itxura horrekin han-hemenka korrika? Eta egun batzuk bakarrik ez badira?

Eta bizitza osorako badira? Ai, ai…!

Nola esango die gurasoei?

Kikak belarrietatik tira egin dio, baina ondo finkatuta dauzka. Nola edo hala desagertu egin behar dira! Baina... nola? Kikak estutu egin ditu, zanpatu, atzekoz aurrera jarri... Ezertxo ere ez! Ez dira zentimetro bat ere txikiagotzen.

—Hau..., hau..., hau zerrikeria bat da! —egin du deiadar desesperaturik.

Arraioa! Eta zer gertatzen da orain?

ZASSS!

Daniri zerri-belarriak ez zaizkio atera bada!

Oso zerri-belarri politak, eta arrosa kolorekoak gainera.

—Honek ezin du egia izan!
—dio Kikak ahapeka, ikaraturik—.
Orain konturatzen naiz zer sentitzen den zaldi batek ostikoa ematen dizunean…

RE-ZASSS! Daniri zaldi-belarriak atera zaizkio!

Mutikoak ez daki zer ari den gertatzen eta berriro eskuak burura daramatza.

—Txikiago egin dira, baina hor daude! —dio deiadarka magiaz zoraturik.

Kika mutu gelditu da ikaraturik.

—Zerbait gertatzen al zaizu, Kika? —galdetu dio Danik—. Zurbil gelditu zara.

—Eee… ejemmm… —Kikari ez zaizkio hitzak ateratzen— … animalia baten izena esaten dudanean… beno… esan nahi dut… orain… zaldi baten belarriak dituzu!

—Uauuuuu! —Dani algara egin eta bere zaldi-belarriak haztatu ditu—. Horrek esan nahi du, adibidez hartza esatean…

BERRZASSS!

Hartzaren belarriak Danirentzat!

—Iupiiii! Nik ere magia egin dezaket! —deiadarra gartsuki.

Kika burua lehertu beharrean jarri da. Kontrako amarrua ahalik eta azkarren bilatu behar du, baina magia liburua hain da potoloa…!

Orriak pasatzen hasi da noraezean, geroz eta urduriago.

Dani, ordea, lasai dago. Gaia ez dagokiola dirudi. Lau hanka gainean astun mugitzen da hartzaren antzera, aldi berean orro eginez.

Eta gero, magiaren eraginez, belarriak aldatuz doa.

Kanguruarenak!

Zebrarenak!

Saguzarrarenak!

Tximinoarenak…!

Elefante-belarriak atera berriak ditu Kikak kaleko atea irekitzen entzun duenean.

—Kaixo umeok, etorri naiz! —ohartarazi die amak deiadarka.

«Ai, ai, ai…» Kikak bere artean.

«Orain bai nahastuko direla bazterrak…».

—Ama, ama! —hasi da Dani garrasika—. Begiratu zer belar…!

Kikak jauzi arin batez alboan jarri eta ahoa estali dio.

—Esan hitz bat gehiago eta amarru batez botere magiko guztiak kenduko dizkizut! Argi dago? —xuxurlatu dio belarrira.

Danik baietz erantzun dio. Arrazoizkoa denez ez ditu bere botere miragarriak galdu nahi.

—Zer pasatzen da, Dani? —galdetu du amak.

Kikak korrika eta presaka logelako atea aulki batez trangatu du eta erantzun:

—Ez da ezer, jolasten ari gara!

Erantzun horrekin konformatuko den itxaropena du.

Hala gertatu da, gainera, oraingoz behintzat…

Baina… eta bere anaia?

Dani zoraturik dirudi, bere elefante belarriak etengabe astintzen.

Kikak amorruz pasa ditu bere magia liburuko orriak berriro.

Hummm… hemen esaten duen horrek…

Nahaste-borraste honetatik ateratzeko balioko al dio?

«Bat-bateko lunbagoz eta sorginkeriaz jotako sorginentzako larrialdi zerbitzua.

Eguneko hogeita lau orduetan irekita eta urteko egun guztietan (Walpurgis-en gauean izan ezik, sorginen, banpiroen, giza-otsoen eta gainerako izaki beldurgarrien eguna baita)».

Hor esaten du nola abisatu sorginen larrialdi zerbitzura.

Kikak hitzez hitz bete du, eta logelan jauziak eginez dantza egin du araoaren formula kantatuz.

Bat-batean…

TXAAAAAAS!

Logelaren erdian ke berde zutabe bat sortu da eta tximistaren abiaduran amona zahar bihurtu da.

—Arratsalde on, lagun maitea. Rupina sorgina naiz. Zertan lagun zaitzaket?

Kika eta Dani mutu gelditu dira liluraturik.

Begien aurrean benetako sorgin bat daukate, eta Rupina berbera alajaina!

Amona lanean hasteko grinatsu dirudi:

—Belearen karrankagatik eta usai txarreko hankengatik nire ezinbesteko beharra zenutela uste nuen! Non dago arazoa?

—Bada… Bai, bai, noski… arazoa —erantzun du Kikak lasaituz eta Dani seinalatu du.

Hori egina dago!

Hasteko Rupina Daniren inguruan birak ematen hasi da.

Eta gero arao bat xuxurlatu du haurra elefantetxo bihurtzeko…!

—Ez, ez, hanka sartu duzu! —egin du deiadar Kikak—. Hori lehengoa baino okerragoa da… Erabat normala izatera itzuli behar du!

—Nor da normala izan behar duena? —esan du garrasika amak sukaldetik.

Horixe bakarrik behar genuen!

—Inor ez, inor ez! Ez da ezer pasatzen ama! —erantzun dio Kikak berehala, baina oraingoan beranduegi da…

Ama logelaren aurrean dago eta atea zabaldu nahi du.

Eskerrak Kikak trangatu egin duen!

—Haurrok! Ireki! Zer esan nahi du honek?

—Jolasten… ari… gara —esan du Kikak hasperen eginez.

Une horixe aukeratu du Dani elefantetxoak orro egiten hasteko.

—Baina nork egin du hots hori? —oihu egin du amak atea geroz eta indartsuago makilatuz—. Zu izan al zara, Dani?

Dani elefantetxoak orro egiten segitu du alaitsu…

Eta trostan ibiltzen hasi da logelan, etxe osoa dardara araziz.

Orain bai ez dagoela ama geldituko duenik!

Logelan sartu nahi du kosta ahala kosta.

Kikak begirada erregutzailea bota dio Rupinari.

—Ulertu dut —esan du irribarrez sorginak, eta bira bat gehiago eman dio Kikaren anaia txikiari oraingoan zaila izan arren, Dani elefantetxoak ia logela osoa beretzat hartu baitu.

FIIIUUUUU!, entzun da orduan, eta Dani burutik oinetara eraldatu da… eta belarriak zuzen ditu!

TXAAAAAAS!, entzun da gero, eta Rupina sorgina desagertu egin da etorri den bezain azkar kezko zutabe berde batean bildurik.

Bere ikustaldia hain azkarra izan da ezen ez da konturatu bere magia liburua han zegoenik, Kikaren mahai gainean hain zuzen ere.

Zalaparta bat entzun da bertatik bertara, atea trangatzen duen aulkia irristatu egin da... eta ama logela barruan azaldu da.

—Kika! Dani! Zer arraio gertatzen da hemen?

—Hemen? Bada… ezer ez… Zer nahi duzu gertatzea? —disimulatu du Kikak tuntunaren itxura eginez.

Baina Dani hitzontzi gisa hasi da berriketan:

—Ikaragarria, ama! Kikak magia egiten ikasi du! Lehenengo untxi-belarriak jarri dizkit. Gero berriro aldatu dizkit eta gero… bakar-bakarrik egin ditut sorginkeriak! Orduan sorgin bat etorri da eta benetako elefante bihurtu nau. Eta gero…

—Bale, bale! —moztu dio amak barre algaren artean, eta Kika besarkatzera abiatu da korrika—. Asko pozten nau zure anaiarekin jolasten ibiltzeak…!

—Beti egiten dut, ama —baieztatu du Kikak.

—Beti? —amak begi-keinua eginez—. Nik uste nuen zure onetik ateratzen zintuela…

—Danik? Niri? Bai zera! —kexatu da Kika eta erantsi du— Beno, barkatzen badidazue, orain Mate-ko lanak egin behar ditut.

Amak Dani sukaldera eraman du, baina berriro Kikaren logelako atea trangatzen entzun duenean protesta egin du:

—Berriro kontu horiekin? Zergatik tematzen zara beti atea ixtearekin?

—Lasaitasuna behar dut batuketak hobe egiteko! —erantzun dio Kikak.

Egia izango ote da?

KIKA
Supersorgina eta Dani

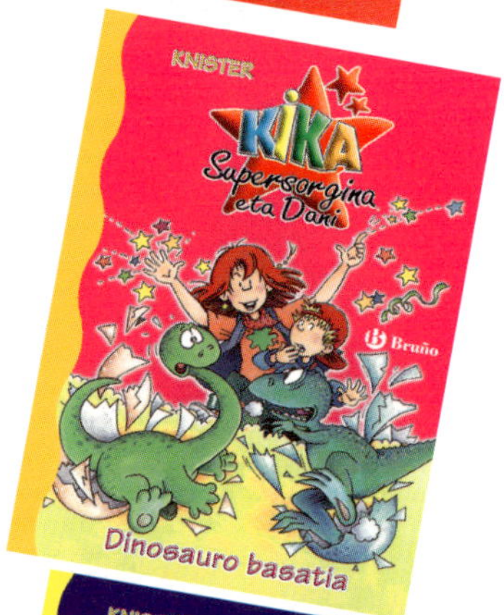

Kaixo!

Argazkian dagoen hori ni naiz.

KNISTER da nire izena eta eskuetan duzun liburuaren idazlea naiz.

Zuen mundua —zu bezalako haurrena, hain zuzen— beti atsegin izan dudalako hamaika istorio, antzerki lan eta abesti idatzi ditut zuentzat.

Liburu honetan Kika Supersorgina aurkeztu nahi dizuet.

Sorgin supersekretua denez makinatxo bat izerdi kostatu zitzaidan bere magia amarruak kontaraztea baina azkenean lortu nuen. Hala ere..., ez dakit zergatik baina denak ez dizkidala kontatu uste dut. Agian izango du oraindik bakarren bat edo beste hor nonbait gorderik.

Diberti zaitez ahalik eta gehien bere abentura magikoekin!

www.KNISTER.com